7번국도

이음희곡선

배해률

7번국도

일러두기

「7번국도」는 2019년 4월 17일부터 28일까지 남산예술센터 드라마센터에서 초연되었다. 이 책은 그 공연에 맞추어 발간되었다.

공연의 출연진 및 제작진 크레디트는 다음과 같다.

작	배해률
연출	구자혜
출연	권은혜, 박수진, 이리, 전박찬, 최요한
무대	장호
조명	김형연
사운드	목소
의상	우영주
무대감독	김소희
조연출·음향오퍼레이터	류혜영
자막오퍼레이터	김효진
조명오퍼레이터	윤지영
배리어프리버전 제작	(주)사운드플렉스스튜디오

차례

등장인물

동훈 (여, 42) 택시기사
주영 (남, 22) 상근예비역* 군복무 중
민재 (남, 45) 동훈의 남편
기주 (여, 22) 주영의 여자친구
용선 (여, 30)

무대

대부분 강원도 속초의 이곳저곳.
가끔은 경기도 수원의 어느 곳.

* 상근예비역: 현역병과 같이 기초군사교육을 마친 후, 집에서 출퇴근하면서
  근무하는 복무 제도.

1장

낮. 7번 국도 위. 눈발이 날린다.
동훈의 택시 안.

동훈은 운전석에, 주영은 뒷좌석에 앉아 있다.

주영   저… 감사합니다.
동훈   아니, 괜찮아요. 나도 시내 나가야 하는데 마침
         잘됐지 뭐.
주영   그래도 너무 싸게 해주신 것 같아서….

동훈   이 날씨에, 밖에서 오지도 않는 버스 기다리고 있는
         게 보기 그렇잖아요.

주영   …네.

동훈   그 얘기 알아요? 여기 이 7번 국도에 군복 입은
         귀신이 많대요.

주영   아… 신짜요?

동훈   여기서 6·25 때 많이 죽었잖아요. 저기도 봐, 주인
         없는 무덤이 수두룩 빽빽. …그때 죽은 군인들이
         밤만 되면 그렇게 집에 데려다 달라고 차를
         세운다는 거예요. 우리같이 택시 하는 사람들이야

뭐, 세워달라고 하면 세워주니까. 대개 그 귀신들
보는 게 우리 거든.

주영   …전 귀신 아닌데요.

동훈   아이고, 대낮에 나오는 귀신은 나도 못 봤네. 그냥
군인 아저씨 보니까 생각이 나서, 그래서요.

사이.

동훈   휴가 가요?
주영   아… 아니요. 상근입니다.
동훈   아— 상근.
주영   네.
동훈   그럼, 퇴근?
주영   네.
동훈   이렇게 일찍?
주영   아, 밤 근무라서요.
동훈   밤? 잠은 그럼 낮에?
주영   네.
동훈   그건 뭐, 그것대로 힘들겠다.
주영   그래도 집에 가니까요.
동훈   밤 근무면 주로 뭘 해요?
주영   어… 야간에 해안 초소 들어가서…
동훈   아— 그, 그 경계근문가 그거… 맞죠?
주영   아… 네.
동훈   아휴, 그럼 많이 춥겠다.
주영   괜찮아요, 참을 만해요.

동훈	하긴, 요즘엔 군복도 짱짱한 게… 저번에 TV 보니까는, 군인들 아주 털모자에 꽁꽁 싸매고 다니긴 하더라.
주영	…네.
동훈	어휴, 그래도 예전에 비하면 많이 좋아진 거죠. 남편 말이… 예전엔 응? 걸핏하면 집합이고 그랬대요.
주영	아…, 그랬구나.
동훈	그럼—. 지금은 2년도 안 되는데, 그때는 3년이니까, 얼마나 힘들었겠어요.
주영	…아, 그랬겠네요.

사이.

동훈	몇 살이에요?
주영	어… 스물둘입니다.
동훈	속초 사람?
주영	네, 속초 사람이요.
동훈	뭐하다가 왔어요?
주영	아, 학교 다니다가 왔습니다.
동훈	대학교?
주영	네.
동훈	어디서요?
주영	어… 서울이요.
동훈	아이고, 공부를 잘했나 보네.
주영	아… 아니에요.
동훈	에이— 중고등학교는 여기서 다니고?
주영	어… 중학교 때까진요. 고등학교는 그… 외지에서 다녔습니다.

동훈   아— 혹시 뭐, 외고 뭐 그런 건가…?

주영   …네, 뭐.

동훈   아휴, 공부 되게 잘했나 봐요.

주영   다 운이 좋았어요.

동훈   열심히 하니까 좋은 데 간 거겠죠. 부모님이
        뿌듯하시겠다. 그죠?

주영, 멋쩍게 웃는다.

동훈   …우리 딸도 스물둘인데.

주영   …그래요?

동훈   혹시 초등학교 어디 나왔어요?

주영   속초초등학교요.

동훈   어, 진짜? 우리 딸도 속초초등학교 나왔는데.
        혹시… 이지영이라고 알아요?

주영   어… 글쎄요.

동훈   아, 그래요?

주영   죄송합니다.

동훈   아휴, 우리 군인 아저씨가 왜 죄송해.

사이.

동훈   언제까지 오려나. 눈 오면 군인들이 제일 고생인데.
        그죠?

주영   …맞아요. 눈이 제일 싫어요.

동훈   여기는 눈도 3월까지 내려. 예전엔 그렇게 늦게까진
        안 그랬는데.

주영   저희끼리 하는 말이 있는데… 속초 사계절은 봄

여름 가을 겨울이 아니라, 여름 존나 여름, 겨울
존나 겨울이래요.

동훈   군인들이 입이 걸다.

주영   그러게요.

사이.

주영   그거 들으셨어요?

동훈   ……?

주영   저희 초등학교 동창 중에 얼마 전에 누가 죽었대요.

동훈   …그래요?

주영   수원에 있는 그… 그 공장에서 일하다가 그렇게
됐대요.

동훈   …….

주영   이름이 뭐였더라… 애들한테 들었는데.

동훈   …글쎄.

주영   같은 나인데, 안됐더라고요.

동훈   그러게요.

사이.

주영   공장이 아니라, 학교에 갔으면 달랐을 텐데.

동훈   무슨…?

주영   죽은 애 말이에요.

동훈   어쩔 수 없는 사정이 있었겠죠.

주영   애들 말로는, 중고등학생 때 좀 그랬다고.

동훈   어떤 게?

주영   아, 수업시간에도 잘 안 들어와 있고, 그랬대요.

동훈	그랬대요?
주영	네, 공부라도 열심히 했으면… 안 죽었을지도 모를 텐데, 그죠?
동훈	…….
주영	아, 이름 알고 있었는데.
동훈	…….

사이.

동훈	다 왔어요.
주영	아, 네. 감사합니다.

주영, 지갑에서 돈 꺼내 동훈에게 건넨다.

동훈	이지영.
주영	…예?
동훈	죽은 애 이름, 이지영이에요.
주영	…….
동훈	내 딸 이지영.

2장

늦은 저녁. 동훈의 집, 거실.
민재, 전화를 건다.

민재   여보세요. 예, 안녕하세요. 저, 광고 보고
            연락드렸는데요. 예, 아직 사람 구하고 계십니까?
            …나이요? 마흔 조금 넘었는데요. 아…, 예 그럼요.
            알겠습니다. 네, 들어가세요.

현관문 열리더니 동훈이 들어온다.
그의 손에는 검은 비닐봉지가 들려 있다.

동훈   밥은?
민재   …….
동훈   김밥 사 왔어.
민재   …….

동훈, 봉지에서 김밥을 꺼내 냉장고에 넣어둔다.

동훈   나중에라도 꺼내 먹어.

동훈, 방으로 들어간다.
민재, 다시 전화를 건다.

민재　　　여보세요. 네, 광고를 보고… 아, 벌써
　　　　　구해졌습니까? 사장님 혹시 나중에라도 사람
　　　　　부족하면 이리로 전화 주십시오. 제가 원래
　　　　　마트에서 일해서 힘쓰는 일이라면… 여보세요?
　　　　　여보세요?

민재, 신문에 엑스를 친다.

사이.

동훈, 다시 방에서 나오는데, 등산용 점퍼를 두르고, 작은
가방을 멨다.

동훈　　　나 오늘도 가.
민재　　　…….
동훈　　　방에 창은 왜 다 열어놨어. 가스비 아깝다는 양반이.
　　　　　내가 닫았어.
민재　　　…….
동훈　　　갈게.
민재　　　장롱 안쪽에 곰팡이가 폈어. 겨울옷 넣어놓은
　　　　　거에도 덕지덕지. 하루 왼종일 빨래하고, 벽에다
　　　　　락스 칠하고. 그래서 열어놓은 거야. (사이) 가서
　　　　　다시 열어놔.
동훈　　　열고 싶으면 당신이 다시 열면 되잖아, 나 바빠.
민재　　　가서 다시 열어놓으라고.
동훈　　　별거 아닌 거로 시비 좀 걸지 마.
민재　　　너야말로 괜히 신경 쓰는 척하지 마.
동훈　　　뭐가.

민재 김밥 한 줄 달랑 사서 들어와 놓고, 이래라저래라
     하지 말라고.
동훈 차 시간 다 됐어.

동훈, 집을 나서려 한다.
민재, 동훈을 막아선다.

민재 거기 가서 서 있으면, 뭐가 달라지냐?
동훈 …괜히 열 내지 마.
민재 뭐 괜히? 야, 아주 신이 났지. 거기 서 있으니까 니가
     뭐라도 되는 것 같아? 작작 좀 해.
동훈 그만해.
민재 며칠 걸러 하루도 아니고, 매일매일… 내 자식이
     죽었는데, 왜 애먼 데 가 있냐는 말이야.
동훈 비켜.

민재, 부엌으로 가 김밥을 꺼내온다.
동훈을 향해 김밥을 던진다.

동훈 뭐 하는 거야, 이게!
민재 지영이 병실에 누워 있을 때, 너 어디 있었냐?
동훈 먹기 싫음 먹지 마.
민재 우리 딸 죽을 때 당신 어디 있었냐고.
동훈 거참 죽는다는 소리 좀 하지 마.
민재 뭘 하지 마. 그게 사실인데. 공장 앞에 가서 죽치고
     서 있는다고, 우리 지영이가 살아 돌아와? 응? …
     아파 죽겠다는 애, 옆에서 같이 손이라도 잡아주고
     있는 게 정상이야. (사이) 지영이가 이런다고

　　　　　　알아줘? 맞잖아, 우리 지영이 여기 없어, 없다고.

동훈　　　다들 하나도 모르면서 다 아는 척, 그 꼴을 어떻게
　　　　　　가만히 보고만 있어?

민재　　　어차피 남이야. 나는 나 살기 바빠.

동훈　　　정신 차려. 그렇게 많은 사람들이 죽고 병들고
　　　　　　그랬는데, 저 씨… 썩을 것들은 아직도 공장을 돌려.
　　　　　　그거라도 막아야지. 지영이 같은 애 한 명이라도 더
　　　　　　줄여야 할 거 아니야.

민재　　　너라고 달라? 니 자식이 어떻게 살았는지, 어쩌다
　　　　　　죽었는지 당신이라고 다 아냐는 말이야.

동훈　　　…뭐?

민재　　　착한 척하지 마. 다른 사람들이 걱정돼? 웃기고
　　　　　　있네, 내가 너 몰라? 지 속 편하자고 그러는 거잖아,
　　　　　　지금. 아니야?

동훈　　　…….

민재　　　아니냐고!

동훈, 나가버린다.

사이.

민재, 김밥을 치운다. 다시, 전화를 건다.

민재　　　여보세요, 광고 보고 연락드렸습니다. 예, 아직 사람
　　　　　　구하고 계십니까?

3장

어느 공장 앞.
"더 이상 죽을 수 없다" 피켓 세워놓고, 1인 시위 중인 용선.

사이.

멀리서, 동훈 등장.

용선   (동훈을 알아보곤) 오셨네요.
동훈   용선 씨, 오랜만.
용선   잘 지내시죠?
동훈   응, 그럼.
용선   오늘도 날씨가 장난 아니네요.
동훈   그러게.
용선   아직 시간 많이 남았는데.
동훈   여기 있을게. 한 명보다야 두 명이 낫지.
용선   네.

사이.

동훈   용훈이 녀석은 좀 어때?
용선   잘 모르겠어요. 의사가 하는 말을 하나도 못
        알아듣겠더라구요.
동훈   모르는 거 있음, 나한테 물어.

용선	감사해요. 아무튼, 용훈이 자식은 잘 견디고 있어요.
동훈	다행이야, 정말로.
용선	…네!

사이.

용선	아버님도… 잘 계시죠?
동훈	그렇지 뭐.
용선	언니는 안 힘드세요?
동훈	나? 나는 괜찮아.
용선	속초에서 여기까지 너무 멀지 않나요?
동훈	아휴, 요즘엔 뭐 고속도로도 시원하게 뚫렸겠다, 일도 아니지.
용선	그래도요.
동훈	용선 씨가 몰라서 그래. 예전에 미시령 굴도 안 뚫렸을 때는, 그거 넘는 것도 일이었다구. 고속도로도 서울 다 와서야 있지, 그전에는 다 그 시골길 돌고 돌아서 와야 했으니까, 얼마나 다행… 많이 좋아진 거야.

사이.

동훈	그래도 예전엔 이 마을 저 마을 돌아보는 재미가 있었지.
용선	어쩔 수 없죠.
동훈	응?
용선	옛날보다야 많이 바뀌었으니까. 시골도 그렇고, 도시도 그렇고. 복잡하잖아요. 도로만이라도 편하게

뚫리면 다행인 거죠. 다행이에요. 언니 말이 맞아요.

동훈   그렇게 복잡하지는 않았어.

용선   구불구불 멀미 나잖아요.

동훈   나는 멀미가 잘 안 나는 체질이라. 택시하면서 인이
         박였나 봐.

용선   보통 사람들은 아니니까요.

동훈   택시 하다가도 가끔씩 그리울 때도 있어. 그럼
         그날은 몰래 땡땡이치고 드라이브. 옛날 길 돌다
         보면 옛날 생각도 자연스레 들고.

용선   길이 복잡했으면 사고도 많이 났을 것 같은데요?

동훈   글쎄. 딱히.

용선   아마 그랬을 거예요.

동훈   …편하고 쭉 뻗은 길 좋지. 근데, 그런 길만 뚫리면
         옛날 길들은 금세 잊히더라. 도로는 조금만이라도
         관리를 안 하면 잡풀도 생겨, 돌도 굴러다니고
         지저분해진다고.

용선   지금 그 쭉 뻗은 도로도 결국엔 그렇게 될지도
         모르죠.

동훈   그렇지 않게 노력하면 되잖아. 이 나라는 그저 새것
         올리고 새것 짓는 데 혈안이 되어서는 낡은 것
         귀중한지를 몰라.

사이.

동훈, 용선에게 다가간다.

동훈   용선 씨. 그거 이제 나 줘.

용선   아, 아니에요.

동훈   추워, 그만 들어가.

용선   아직 시간 남았어요….

동훈   오늘은 내가 더 길게 할게. 얼른.

용선   …….

동훈   아, 얼른.

용선, 피켓을 동훈에게 넘긴다.
떠나는 듯하더니,
좀 전에 동훈이 섰던 곳에 선다.

동훈   왜 거기 있어?

용선   저두 여기서 시간 다 채우고 가려구요.

동훈   그래, 그럼—!

사이.

용선   저, 오늘까지만 할 거예요.

동훈   …뭘?

용선   이거요. 여기 오는 거. 1인 시위.

동훈   …그래?

용선   아무래도 용훈이 자식이 얼마 못 갈 것 같대요.

동훈   그랬어?

용선   이 누나가 옆에 있어줘야죠. 그래서요.

동훈   그래. (사이) 그럼 내가 용선 씨 몫까지 해야겠다.

사이.

용선   근데요, 언니.

동훈	어.
용선	…아니에요.
동훈	말해요.
용선	…….
동훈	말해요.
용선	언니는 지영이 안 보고 싶으세요?
동훈	보고 싶지.
용선	너무 씩씩하셔서.
동훈	나라도 그래야지.
용선	이상하게 보일 수도 있어요.
동훈	…….
용선	제가 그렇다는 게 아니라…
동훈	(말 자르며) 알아, 무슨 얘긴지.
용선	몸 챙기셔요.
동훈	응.
용선	죄송해요, 제가 별말을 다하네요.
동훈	괜찮아.
용선	용훈이 병실에 목사님이 자주 오세요.
동훈	교회 다니는지 몰랐네.
용선	안 다녀요. 근데… 용훈이 놈이 이젠 믿어보겠대요. 그런 거 있잖아요, 하나님 부처님 알라신 여기 좀 봐주세요, 그런 거.
동훈	…….
용선	어제는 자는데 성경책을 읽어달래요. 다 큰 놈이 갓난아기 행세를 한다니까요. 열심히 읽어줬어요. 근데 저는 읽으면서도 무슨 말인지 모르겠더라고요. 용훈이 자식 못 알아들어도 좋대요. 주문 같아서 좋대요. (사이) 용훈이 짜식, 살고 싶은가 봐요. 저,

어떻게요?

동훈   ······.

용선   언니, 저 어떻게요?

사이.

동훈   혹시… 합의금 받을 거야?

용선   용훈이 수술비가 모자라요. 제 퇴직금도 다
             써버렸거든요.

동훈   ······.

용선   근데 저도 이게 최대한 버티고 버틴 거예요.
             아시잖아요.

동훈   ······.

용선   나는 이상하게 보이고 싶지 않아서요. 죄송해요.

동훈   ······.

용선   저한테 화내셔도 돼요. 저도 화나요.

사이.

용선   잘 지내세요, 언니. 건강 조심하시고요.

용선 퇴장.

동훈, 그제야 고개를 끄덕인다.

4장

경기도 수원 근방의 한 장례식장.
용선이 조문객을 맞이하고 있다.

이윽고, 민재가 들어온다.
민재, 조문 뒤에
부조함 앞에 선다.
지갑을 열고, 아차 싶어 가만히 서 있다가
주머니에서 꼬깃꼬깃 접힌 만 원짜리 세 장을 꺼낸다.
잘 펴서 넣는다.

민재, 자리에 앉으면
용선이 육개장을 들고 와 마주 앉는다.

용선   아버님, 오셨네요.
민재   어, 용선 씨.
용선   오랜만에 뵈어요.
민재   그러게….

사이.

민재   가 있어야 하는 거 아니에요?
용선   올 사람도 없는데요 뭘…, 육개장이 맛있더라구요.
        드세요.

민재 응, 응. 용선 씨는 밥 먹었어요?

용선 저는 나중에.

민재 …챙겨 먹어요. 꼭.

용선 네. …뭐라도 더 드릴까요?

민재 아, 아니야. 맛있는 거 많네.

용선 술은 뭐로.

민재 나 술 마시면 안 돼요.

용선 그럼… 콜라, 사이다?

민재 사이다.

용선 네.

용선, 민재에게 사이다를 가져다준다.

민재 고마워요.

용선 저… 언니는요?

민재 그 사람이랑 같이 온 거 아닌데. 아마 일 나갔을
      거예요.

용선 …들으셨죠?

민재 응?

용선 저… 그만둔 거.

민재 …….

용선 언니… 화 많이 났죠?

민재 그래서 혼자 온 거 아니에요.

용선 그럼….

민재 그냥. 걱정 마요. 그 사람도 올 거니까. 산전수전 다
      같이 겪었는데, 그거 갖고 화를 낼까.

용선 화내도 되는데.

민재 올 거라니까.

용선, 주변을 둘러본다.

용선   아무리 그래도… 사람이 너무 없죠?

민재   올 사람만 오면 되는 거죠.

용선   친구들 만나러 간달 때, 그냥 보내주고 그랬어야
       했는데.

민재   ……?

용선   용훈이요. 애들 만나겠다고 오밤중에 그랬거든요.
       그 밤에 어딜 가냐고 다 큰 놈을 제가 막 등짝도
       때려가며, 막아 세우고 그랬어요.

민재   든든한 누나였네.

용선   괜히 안 좋은 거 물들까 봐 그랬는데…. 나 때문에
       애가 친구도 없고 그런가 싶어서요.

민재   그런 게 어딨어. 용훈이 놈이 진득하니… 허투루
       사람 안 사귀어서 그럴 거예요.

용선   …….

사이.

용선   오실 줄 몰랐어요.

민재   나?

용선, 끄덕인다.

용선   그렇게 친한 사이는 아니었잖아요.

민재   나는 친하다고 생각했는데.

용선   저 아버님 되게 싫어했는데.

민재   그랬나?

용선 네. 다들 뭐라도 해보겠다고 공장 앞에 나갈 때
      아버님은….

민재 …….

용선 뒤에서 욕도 하고 그랬어요. (사이) 근데 저번에는
      언니한테 그랬네요. 언니 이상하다고.

민재 그랬어요?

용선 그러니까, 안 올 거예요.

민재 …내가 전화라도 해볼까?

용선 아뇨, 그러지 마세요. 안 와도 돼요. 안 와도… 돼요.

사이.

민재 그래서, 뭐라고 욕을 했으려나.

용선 예?

민재 내 욕했다면서요.

용선 아… 쌍욕은 안 했어요.

민재 ?

용선 …….

민재 그럼?

용선 비겁하다고…. 그땐 진짜 그래 보였거든요. 근데,
      비겁한 건 저네요. 어느 한쪽 정하지도 못하고, 이리
      붙어서 욕하고 저리 붙어서 욕하고.

민재 …….

용선 아까 전에 그 사람들도 왔다 갔어요. 부조도
      하던데… 얼마나 넣는지는 못 봤네요. 너무 많이
      들어 있을까 봐 무서워요.

민재 많이 들었음 좋지.

용선   그 사람들 보고 나니까, 다시 나가야겠다 싶기도 한
       거예요. 웃기죠. 또 이랬다저랬다. 아니, 향 피우고,
       절하고, 그러는데… 마치 무슨 다 알겠다는 마냥
       행세하는 꼴이 보기 싫더라구요. 다시 뭐라도 해야
       할 것 같아서요.

민재   …….

용선   시위 같이했던 분들도 오셨었는데. 아무 말도 못
       했어요. 그냥 가만히 있었어요…. 누가 저한테
       빈말이라도 해줬으면 좋겠어요, 괜찮다고.

사이.

용선   용훈이 놈이 회사에서 해주는 밥이 시원찮다고
       칭얼대길래, 도시락을 챙겨줬거든요. 근데 글쎄
       맛없다고 몰래 두고 가질 않나, 가방에 박아두고
       그냥 썩히질 않나. 나쁜 놈. 한 번도 지 누나 말을
       제대로 들은 적이 없어요.

민재   지영이는 사춘기가 심했어. 중학생 때부터 일찌감치
       그저 밖으로만 나가 돌고, 공부 잘하는 건 바라지도
       않았어. 날 잡고 가족끼리 오붓하게 어디 가까운 데
       놀러 갔다 오자고 해도, 질색팔색. 아주 상전
       납셨지. 친구들하고 떡볶이 사 먹게 돈 좀 달라는
       거야. 내가 지를 몰라, 또 어디 가서 그 돈으로
       술이나 마셔댔겠지. 지 엄마한테 뜯어가는 돈이
       떡볶이만 사 먹고 끝날 정도가 아니었어요, 지영
       엄마는 아직도 그걸 몰라. 답답하긴. (사이)
       괜찮아요.

용선　　…….

민재　　정말, 괜찮아요.

용선　　…아버님두요.

민재　　…….

용선　　괜찮아요.

5장

아침. 7번 국도 위. 동훈의 택시 안.
동훈은 운전석에, 주영은 뒷좌석에 앉아 있다.

동훈   오랜만이네요.

주영   …네.

동훈   잘 지냈어요?

주영   네.

동훈   다쳤나 보네.

주영   네?

동훈   얼굴에.

주영   아, 전에도 있었는데요.

동훈   내가 못 봤네. 어쩌다 다쳤어요?

주영   훈련하다가….

동훈   상근도 훈련을 해요?

주영   네, 뭐. 간단한 거.

동훈   조심해요.

주영   네, 감사합니다.

사이.

주영   저번에는 죄송했습니다.

동훈   괜찮아요.

주영   아니요, 정말로요. 죄송합니다.

동훈	……..
주영	그런 식으로 말하면 안 됐어요. 죄송합니다.
동훈	죄송하다는 말을 뭐 그리 많이 해요. 한 번 하면 됐지.
주영	정말로 죄송해서.
동훈	아이고, 참나.

사이.

주영	죄송…
동훈	(말 자르며) 알겠어요.
주영	네.
동훈	…어떤 훈련을 하면 거길 다치나?
주영	아… 운이 나빴어요.
동훈	거참 운 운 되게 좋아하네.
주영	예?
동훈	저번에도 그랬는데, 공부 잘—해서 좋은 학교 갔냐고 그랬더니만 운이 좋았다면서요.
주영	아… 제가요?
동훈	그래요.
주영	정말인데.
동훈	알겠습니다. 운이 나빴다. …근데 운도 좋지만, 뭐 때문인지 확실히 하고 넘어가는 것도 그만큼 중요해요.
주영	실수였어요.
동훈	실수에도 이유가 있잖아요. 이번에 다쳤으면, 다음에는 다치지 말아야지.
주영	…글쎄요.

사이.

주영   저, 기사님 누군지 알아요.

동훈   …나를?

주영   아, 사진이요. 신문에서.

동훈   아… 그랬어요?

주영   네. 이런 말, 해도 되는 건지 모르겠는데… 저도
            응원하고 있습니다.

동훈   ……고맙네.

주영   저, 지영이도 알아요.

동훈   안다구요?

주영   아, 그러니까, …졸업앨범이요. 졸업앨범을 봤는데,
            글쎄 6학년 때 같은 반이었더라구요. 3반이요.
            맞죠?

동훈   3반… 나는 몰랐네.

주영   아, 그러실 수도 있죠.

동훈   나도 그랬네.

주영   에이, 저도 제가 3반인지 몰랐는데요 뭘.

동훈   …….

주영   어쩌면 짝이었을지도 몰라요. 아, 한 번은 했을
            거예요. 자주 바꼈거든요.

동훈   …그러지 않아도 돼요.

주영   뭐가요?

동훈   기억 못 해도 돼요.

주영   …아. 그냥 저는…

동훈   (말 자르며) 정말인데, 괜찮다니까.

사이.

주영   죄송합니다.

동훈   아니, 뭘 또 죄송하대?

주영   아, 그러네요. 습관이 돼서.

동훈   왜요, 죄송할 일이 많아요?

주영   어쩌다 보니.

동훈   선임이 질이 나쁜가 보다. 왜 사람을 다치게 하고
        그래?

주영   아, 아니에요. 이거 훈련하다가 다친 거 맞아요.

동훈   알았어요. 훈련하다 다쳤다.

주영   네, 정말요.

사이.

동훈   그래도 아닌 건 아닌 거예요.

주영   무슨….

동훈   옳지 않은 건, 맞서고 끝을 봐야 해결이 돼.

주영   …….

동훈   그냥 견딘다고 뭐 다른 일 안 생기니까.

주영   …….

동훈   그냥 아들 같아서 하는 말이에요. 아휴, 내가
        딸한테도 안 한 잔소리를 여기서 하네.

주영   …괜찮습니다.

동훈   그렇다면 다행이고.

사이.

주영   피하는 게 더 나을 때가 있을지도 몰라요.

동훈   그러다 그렇게 다치기만 하지.

주영	아니요, 적어도 그전엔… 견딜 만했거든요. 입 닫고 참으면 그만이었는데.
동훈	뭘 어쨌길래…?
주영	도와달라고 했어요. 엄마한테.
동훈	…부대가 아니라?
주영	아직 나이를 덜 먹었나 봐요. 못 하겠더라구요.
동훈	…부모님이 속상했겠다.
주영	…간부들이 도와줄 것 같지 않았거든요.

사이.

동훈	그래서?
주영	아, 엄마 아는 분이 부대 내에 계신다고… 부탁하셨어요, 그분한테.
동훈	복잡하네.
주영	그냥 제가 직접 얘기하는 게 나을 뻔했어요. 괜히 집에다 얘기해서….
동훈	에이, 그래도 그건 아니지. 엄마는 알아야지.
주영	…그런가요?
동훈	그럼.
주영	현역 애들은 그러더라구요, 집에서 출퇴근하면서 뭐 그렇게 유난이냐고. 그렇게 보일 수도 있어요. 맞죠, 사실. 유난 떤 거죠. 근데, 걔들은 알까요? 퇴근하고부터가 시작이었는데. 선임들이 퇴근하고 나서 따로 불러요, 술집에, 노래방에….
동훈	그 뒤에도?
주영	…네.
동훈	그럼 다시 얘기해야지.

주영	아니에요, 엄마도 그랬는걸요. 저 정도면 행복한 거라고. 우리 정도면 행복한 거라고. 견뎌내자고.
동훈	…모르니까 하는 말이지.
주영	한 번으로 충분해요, 저한테도 엄마한테도. … 여기가 고향인데, 이제는 빨리 뜨고만 싶어요.
동훈	…… .
주영	아, 제가 너무 헛소리를 많이 했네요. 죄송합니다. 잊으세요.
동훈	또 죄송해요? 아이고 참.
주영	감사합니다, 죄송합니다. 선임들이 정해준 두 마디예요. 이거로만 대답해야 해요. 그러다 보니 습관이 돼서… 계속 이러네요.

사이.

동훈	다 왔네.
주영	아, 감사합니다.

주영, 동훈에게 택시비를 건넨다.

동훈	오늘은 됐어요.
주영	네?
동훈	지영이 6학년 때, 3반인 거 알려줬잖아. 짝도 했을지도 모르고.
주영	아, 아니에요. 그게 뭐 별거라고. 아니에요.
동훈	아이고, 됐어. 그냥 가도 돼. 어차피 나도 시내 오는 길이었는데. 덕분에 심심치 않게 잘 왔네. 자, 어서.
주영	…감사합니다. 죄송합니다.

6장

병원. 민재의 병실.
민재, 누워 있다.
그 옆의 동훈, 병실 안 TV를 보고 있다.
한밤중이라 소리는 켜지 않았다.

민재   몇…시야?
동훈   일어났어? 물 줘? (빨대를 꽂은 물병을 건네며) 여기.

민재, 몸을 일으켜 물을 마신다.

민재   …몇 시냐구.
동훈   밤이야, 밤. 한참 잤어, 당신.
민재   …안 갔네?
동훈   물 더 안 마셔?
민재   마셔.

민재, 다시금 물 마신다.

동훈   됐어?

민재, 고개를 끄덕인다.

민재   잠이 안 와서. 그냥 전에 타놓은 게 있길래.

동훈   …….

사이.

민재   왜 안 갔어? 당신 차례 아니야?
동훈   이제 아니야, 안 한다고 했어, 이제.
민재   다른 사람들은…?
동훈   하는 사람은 하지, 계속. (사이) 참, 아까 박 주임한테
           전화 왔어. 당신 좀 괜찮냐고.
민재   누구 놀려?
동훈   다음 주부터 다시 일 나올 수 있냐고 물어보더라.
민재   그랬어?
동훈   나중에 전화해주겠다 했어.

민재, 물을 마시려 한다.

동훈   내가 줄게.
민재   됐어.

민재, 기어코 컵을 잡아 스스로 마신다.

동훈   놀랐잖아.
민재   말했잖아, 그냥 잠 좀 자려고 한 거야. …박
           주임한테 문자라도 보내놔야겠어. 해야지, 할 거야.
동훈   …그래.

동훈, 민재에게 핸드폰을 찾아주면,

민재, 핸드폰으로 문자를 보낸다.

동훈   용선 씨라고 기억나? 왜 있잖아, 그 지영이랑 같은
                병원에.
민재   내가 왜 몰라. 알아, 용훈이 누나.
동훈   그래, 용훈이 누나. (사이) 용훈이도 죽었대.
민재   …….
동훈   혼자 있는데 그렇게 됐대.
민재   …왜 그랬대.
동훈   갔어야 했는데, 용훈이 장례식.

사이.

동훈   자주 타는 손님이 하나 있는데.
민재   …손님?
동훈   응, 택시에.
민재   아… 어.
동훈   그 손님이 그러더라고, 그냥 피하고 참는 것도
                방법이라고. 견디면 지나갈 거라고.
민재   …누군지 별소리를 다 하네.
동훈   맞는 말인가 싶어서. 봐주는 사람도 없는데, 뭘
                하겠다고 우리 딸… 마지막도 못 봤나 싶기도 하고.
                (사이) 지영이도 결국에는 그렇게 생각했겠지,
                싶었어. 내가 놀랐겠다 싶었어.

사이.

민재   다시 누울래.

동훈   어, 그래.

민재, 동훈을 등지고 눕는다.

민재   당신은 밥 먹었어?

동훈   시간이 몇 신데, 먹었지.

민재   뭐.

동훈   …김밥.

민재   거 김밥 되게 좋아하네.

동훈   그거만 한 게 있나요.

사이.

민재   아니야.

동훈   뭐가.

민재   지영이. 당신 원망 안 했을 거야. 암만 애가 드세도,
       그 정도는 알아.

동훈   물어볼 수 있었으면 좋겠네. 꿈에라도 나와서
       이렇게 이렇게 하면 된다. 알려줬으면 좋겠어.

민재   지영이가 정말 찾아오면… 그땐 정말 죽을래.

동훈   이 사람이…!

민재   나 깨우지 말고, 그냥 출근해. 난 꽉꽉 채워서
       쉬다가 나갈라니까.

사이.

민재   TV 그만 보고 그냥 누워, 눈 버려. 들리지도 않는 거
       봐서 뭐해.
동훈   알았어.

동훈, 여전히 아무 소리도 나지 않는 TV 화면을 쳐다본다.

7장

7번 국도 위. 동훈의 택시 안.
여느 때처럼 동훈은 운전석에, 주영은 뒷좌석에 앉아 있다.

라디오에서 뉴스가 흘러나온다.

뉴스　　　다음 소식입니다. 강원도 고성의 모 사단 GP 내
　　　　　화장실에서 이모 일병이 머리에 총상을 입은 채
　　　　　발견되었습니다. 이모 일병은 병원으로 옮겨지던 중
　　　　　숨진 것으로 알려졌습니다. 군 수사대와 헌병대가
　　　　　해당 군인의 사망 원인을 조사하고 있는 가운데…

동훈, 라디오를 꺼버린다.

동훈　　　해가 빨리 져.
주영　　　예?
동훈　　　아니, 초저녁인데 벌써 캄캄하니까.
주영　　　아… 네.
동훈　　　오늘은 어쩌다가 이 시간에?
주영　　　어… 휴가라.
동훈　　　상근도 휴가를 가는구나.
주영　　　네. 그럼요.
동훈　　　그나저나, 이 밤중에 그렇게 서 있으면 다른
　　　　　기사들은 잘 안 선다고.

주영	예?
동훈	나야, 우리 군인 아저씨 얼굴 아니까 태운 거지. 아, 그 왜 있잖아요. 저번에 7번 국도 귀신. 군인 귀신.
주영	아… 기억나요.
동훈	그래요. 이 도로가 아주 구구절절 사연이 많다고. 우리 군인 아저씨가 운이 좋아요.
주영	그러네요, 운이 좋네요.
동훈	그래도 오늘은 공짜 안 돼요.
주영	아, 네. 그럼요.
동훈	농담.
주영	아… 네.

동훈, 주영을 슬쩍 본다.

동훈	어쩌나, 흉이 제대로 졌네.
주영	괜찮아요.
동훈	살도 좀 빠진 거 같은데?
주영	에이, 아니에요.
동훈	휴간데 어디 놀러 안 가요?
주영	그냥… 여기 있을 거예요.
동훈	젊은 사람이 여행도 다니고 그러지. 나이 먹으면 그럴 시간도 없다고.
주영	네.
동훈	나는 여행도, 제주도 한 번 가본 게 다야. 신혼여행.
주영	제주도 좋죠. 말도 있고…
동훈	그러네, 말도 있고, 그랬네. 우리 군인 아저씨는 여행 어디어디 가봤나?
주영	저도 제주도 가봤어요. 그리고 캄보디아, 필리핀,

도쿄, 오사카…

동훈   어휴, 많이 가봤네.

주영   근데 다 먹기만 하다 왔어요.

동훈   그러려고 가는 거지. 여행에서 먹는 거 빼면 무슨
       재민가. 아, 그래. 유럽은? 유럽은 못 가봤어요?

주영   아… 네.

동훈   나이도 젊은데, 전역하면 갔다 와요. 왜 요즘 애들
       그 나이 때 다 한 번씩 갔다 오잖아. 배낭 둘러메고,
       여기저기.

주영   맞아요.

동훈   우리 지영이도 유럽에 배낭여행 가고 싶다고 그렇게
       노래를 불렀는데 말이야.

주영   저도 가보고 싶었어요, 유럽. 배낭여행.

동훈   …근데?

주영   근데 이젠 너무 먼 것 같아서요.

동훈   아이고, 멀고 자시고 할 게 뭐가 있어. 전역만 하면
       아주 앞길이 탄탄대로일 텐데. 나중이라도 가면
       되는 거지. 안 그래요?

주영   …네.

동훈   우리 지영이도 지 간다고 할 때 보내줬어야 했는데.

주영   ……?

동훈   나는 지 키우느라 여행이고 뭐고 생각도 못 하는데,
       그러면서 샘이 났었나 봐. 안 보내줬거든요. 나중에
       니가 돈 벌어서 가라, 그랬거든. (사이) 고등학교
       졸업하자마자 돈 제일로 많이 주는 데 가서, 많이
       벌어서, 지 가고 싶은 데 다— 가고 말겠다고,
       그렇게 떵떵… 그랬는데.

사이.

동훈   아, 나 그거 그만뒀는데.

주영   어떤….

동훈   왜, 시위 나가는 거 있잖아.

주영   …아, 네.

동훈   나만 힘든 줄 알았거든, 그렇게 하고 하는 게. 나만 안 먹고 안 자는 줄 알았지. 그래서….

주영   혹시, 제가 저번에 드린 말씀 때문에 그러신 거예요?

동훈   아, 아니! 전혀! 아니야, 아니에요. 그냥… 때가 된 거지.

주영   …….

동훈   때가 됐나 봐.

주영   죄송합니다.

동훈   아직도 그 죄송하다는 말은 입에 달고 사는구만. 우리 군인 아저씨가 죄송할 게 뭐가 있어.

사이.

주영   제 말 틀렸을 수도 있어요. 피하고 견디고… 그러다가 결국엔 아무것도 하지 못하게 될 수도 있으니까.

동훈   그새, 생각이 바뀌었어?

주영   참는 것도 한계가 있다잖아요.

동훈   걱정 말래도. 우리 군인 아저씨가 한 말 때문에 그러는 거 아니라니까.

주영   …네, 알겠습니다.

동훈   아이고, 군인이 이렇게 소심해서 쓰나.

주영	그러게요.
동훈	힘들어요?
주영	…아니요.
동훈	아, 솔직하게 얘기해. 내가 뭐 아는 사람도 아니고.
주영	아는 사람이죠. 친구 어머님이신데.
동훈	아이고, 맞네. 그랬네. 우리 지영이 짝꿍… 이었을지도 모르는 동창.
주영	제가 너무 갔나요?
동훈	아니야, 맞지 맞아, 친구 엄마.
주영	완전히 생각이 바뀐 건 아니에요. 그냥… 기사님도 그러셨다면서요. 기사님만 굶고 안 자고 그러는 줄 알았는데, 아니었다면서요, 저도요, 또 새삼스럽게 그래서요.

사이.

동훈	만날 때마다, 내가 괜히 말이 많다. 그죠?
주영	아니요, …저는 좋은데요. 되게.
동훈	너무 깊게 생각하면서 살지 말자, 우리. 머리만 아파.
주영	…기사님은 가고 싶은 데 없으세요?
동훈	나? 글쎄… 어디든.
주영	저희 엄마는 여행 가셨어요.
동훈	어디 가셨는데?
주영	일본이요, 오사카. 어릴 때 가족 여행으로 갔었거든요. 이번엔 혼자 가셨네요.
동훈	아쉽겠다. 같이 가지.
주영	아니요, 전혀요. 이젠 제 생각 말고 여기저기 잘

다녔으면 좋겠어요.

동훈   효자네, 효자야.

주영   에이. 아니에요. 정말요.

사이.

주영   ⋯기사님은 혹시 술 많이 드세요?

동훈   가끔? 왜?

주영   기주가 일주일에 여섯 번, 쉬는 날이 없는 것 같아요. 아, 여자친구요.

동훈   여자친구?

주영   네.

동훈   몰랐네.

주영   아, 제가 말 안 했나요?

동훈   응.

주영   걱정이에요. 마셔도 너무 마셔서.

동훈   우리 군인 아저씨 사랑꾼이야.

주영   아, 아니에요.

동훈   여자친구는 좋겠네, 남자친구가 다정해서. 우리 집 양반도 함 그래봤음 좋겠다.

주영   정말 아닌데.

동훈   칭찬이야, 칭찬.

사이.

주영   이슬이요.

동훈   응?

주영   여자친구 주종이요. 이슬.

동훈   아— 이슬.

주영   네.

동훈   소주가 취하기엔 최고지.

주영   그리고 보니, 소주도 걔한테 배웠네요. ′

동훈   정말?

주영   예. 근데 솔직히, 저는 아직도 소주 맛있는지
       모르겠더라구요. 근데 걔는 진짜 잘 먹거든요. 장난
       아니에요.

동훈   벌써부터 술맛 알아서 뭐 하려고. 나이 먹고, 또
       나이 먹고, 또 나이 먹고… 그러다 보면 술맛은
       자연스레 알게 되는 건데.

주영   네. (사이) 저… 기사님.

동훈   말해요.

주영   지영이요.

동훈   우리 지영이?

주영   네.

동훈   …지영이가 왜?

주영   많이 보고 싶으세요?

동훈   …….

주영   죄송해요. 제가 너무 무례했…

동훈   (말 자르며) 당연히 보고 싶지. 무지 엄—청.

주영   …당연한 거겠죠.

동훈   그리고 보니, 지영이 보러 안 간 지 한참 됐네.

주영   이해할 거예요.

동훈   그럴까요.

사이.

주영   기사님, 혹시 지영이 보러 가시게 되면… 제
　　　　여자친구한테 그만하라고 해주시겠어요?

동훈   …응?

주영   이젠 엄마도, 친구들도 다 그만뒀는데요. 이상하게
　　　　그 애만 아직도 그러고 있어요. 매일 같이 속초
　　　　내려와서, 부대 앞에 한참 서 있다가 가요. 저한테도
　　　　너무 자주 찾아오고….

동훈   …그게 무슨 소리야?

주영   지영이요, 저 지금 지영이 옆에 있어요.

8장

추모공원.
주영의 묘. 그 옆에 나란히 있는 지영의 묘.
기주, 주영의 묘 앞에 앉아 있다.

이윽고, 동훈 등장.
떡볶이와 소주를 들고 있다.
잠시.
동훈, 지영의 묘 앞에 선다.

동훈　　　지영아, 엄마 왔어. 미안해. 더 자주 와봤어야
　　　　　했는데…. 엄마가 떡볶이 사 왔지. 우리 지영이
　　　　　떡볶이라면 환장하잖아. 많—이 사 왔어, 걱정 마.
　　　　　(사이) 있잖아, 엄마가 우리 지영이 초등학교 동창을
　　　　　만났다. 아니 글쎄, 우리 지영이랑 초등학교 때
　　　　　짝이었대. 6학년 때. 응 그래, 3반. 엄만 우리 딸이 3
　　　　　반이었는지도 몰랐네. 미안해. 근데 이제 안 까먹어.
　　　　　6학년 3반… 이제 정말로 안 까먹을게.

동훈, 잔을 꺼낸다.

동훈　　　너는 한 잔만 해.

동훈, 떡볶이와 소주 한 잔을 지영의 묘 앞에 놓고,

48

기주 옆으로 가 앉는다.

동훈, 소주 한 잔을 따라 마신다.

동훈   날씨가 아직 좀 차네.

기주   ……

동훈   한 잔 하실래요?

기주   아니요, 괜찮습니다.

동훈   혹시 마시고 싶음 말해요. 나 이거 혼자 다 못 마셔.

기주   ……

동훈   이 동네 분은 아니신가 보다.

기주   …네?

동훈   내가 이 동네에서 택시 운전한 지 벌써 한참
       됐거든요. 손님들을 하도 많이 보니까, 외지에서 온
       사람은 척 보면 척이라. 맞죠?

기주   네, 맞아요.

동훈   아싸, 또 맞췄네.

사이.

동훈   어디에서 왔어요?

기주   서울이요.

동훈   아…, 맛집 같은 거 궁금하면 나한테 물어봐요. TV
       나온 집들은 이제 다 기업이나 다름없어요, 맛이
       전보다 덜해.

기주   저도 이 동네 꽤 많이 알아요.

동훈   그래요?

기주   자주 내려오다 보니.

동훈   나는 딸내미 보러 왔어요.

기주   아… 저는 남자친구요.

사이.

기주   저도 한 잔 주세요.

동훈, 기주에게 소주를 따라 준다.

기주   감사합니다.
동훈   아니에요. 나도 혼자 마시기 싫었거든.

기주, 한 번에 소주를 털어 넣는다.
동훈, 다시 따라 준다.

동훈   잘 마시네. (사이) 요즘엔 그게 그렇게 후회가
          되더라고. 우리 딸이랑 술 한 번 제대로 못 마셔 본
          게. 이럴 줄 알았음, 술이라도 먼저 가르쳐주는
          건데.
기주   제 남친은 숙맥이었어요. 나이 스물 먹고도 소주 한
          모금 제대로 못 했거든요. 제가 다― 가르쳐줬어요.
동훈   멋있다.
기주   싸울 때도 많았는데요, 뭘.
동훈   왜 싸웠는데요?
기주   지나칠 정도로 많이 웃었거든요. 멍청해 보이니까
          그렇게 웃지 말라고 하는 데도, 뒤돌면 또 실실
          쪼개… 웃고 있더라구요.
동훈   나도 우리 남편이랑 아직도 별거 아닌 일로도
          투덕거리면서 살아요. 아니, 저번 날엔 창문 하나

닫았다고 난리난리. 다 그런 거지.

기주   한 번은 엄청 심하게 싸웠었는데, 술도 못하는 놈이
           완전 꽐라가 돼서 전화를 한 거예요. 보고 싶다고
           그러는 거 있죠. 닭살.

사이.

동훈   뵌 적이 있는 것 같아요.

기주   저를요?

동훈   …신문에서. 부대 앞에 서 있는 걸 봤네요.

기주   …….

동훈   남자친구분 얘기, 알고 있어요. 이해는 돼요.

기주   무슨 말씀이세요?

동훈   힘들잖아요. 많이 포기해야 하니까. 근데, 구태여
           혼자 짊어질 필요도 없는 거예요.

기주   부대에서 나오셨어요?

동훈   아, 아니. 말했잖아요. 나도 같은 처지라니까. 나도
           그랬거든요, 싸우고 싶고, 어디든지 달려가서
           박아버리고 싶고 그랬는데…

기주   (말 자르며) 같은 처지요? 저기요. 그 말 저 수십 번도
           더 들었어요. 간부라는 새끼들이 입만 열면 그런
           소리를 했다구요.

동훈   저기 학생…

기주   (말 자르며) 학생 아닙니다.

사이.

동훈   이런다고 돌아오지 않아요.

기주   뭐라구요? 누가 몰라요? 네, 이주영 죽었어요.
      근데요, 저는… 그 새끼들이 면상 쳐들고 사는 꼴은
      절―대 못 봐요. 누구도 이런 식으로 죽으면 안
      되는 거잖아요, 아닌가요?

동훈   그쪽이 안 해도… 누군가는…

기주   (말 자르며) 누군가가 아니라 누구나 싸워야 하는
      일이에요.

동훈   나도, 내 딸… 죽은 것만으로도 충분히…

기주   (말 자르며) 누군 안 힘들어요? 이주영 몸에 멍 자국만
      열 군데가 넘었대요. 근데 그 군대 간부 새끼들은
      아직도 지들은 잘못이 없다 하고.

동훈   …….

기주   그 정도인지 몰랐다구요. 다들 죽어버렸으면
      좋겠어요.

동훈, 일어선다.
기주, 일어선다.

기주   밥 먹을 땐, 토할 때까지 입에다 먹을 걸 쑤셔
      넣었대요. 같이 근무라도 들어가면… 시시콜콜
      시비에, 쌍욕에, 발길질에…. 이유 없이 기라고 하고,
      이유 없이 짖으라고 하고…. 그 착한 애한테…. 그
      새끼들이 변명한답시고 뭐라 그랬는지 아세요?
      웃어서. 그럴 때마다 실실 웃어서, 괜찮은 줄
      알았대요.

동훈   …….

기주   그랬대요. 그 와중에도 웃었대요… 바보 같은 새끼,
      내가 그렇게 말했는데. (사이) 그런데, 그쪽이 뭔데,

나보고 이래라 저래라!

동훈   죄송합니다.

기주   뭐가요?

동훈   …….

기주   뭐가요—?

동훈   죄송합니다.

기주   그 말밖에 할 말이 없어요? 예?! 왜 그 말밖에 못
       하냐구요! 왜—!

동훈   …….

기주   쪽팔리지도 않아요? 같은 처지라면서, 죽은 사람
       보기 쪽팔리지 않냐구요!

동훈, 기주를 피하려다 넘어진다.

기주   그 새끼들… 다 찢어 발겨버리지는 못해도, 나는
       끝까지 싸울 거예요. 누가 포기하든 말든 남이사.
       여기가 됐건, 어디가 됐건, 더 이상 그 새끼들이
       사람 못 죽이게 끝까지… 지옥 끝까지 쫓아갈
       거예요. 적어도 나는, 그럴 거예요.

9장

낮. 방파제 위.
주영과 기주, 걸터앉아 있다.
두 사람, 짜장면을 먹는다.

주영   바로 옆에 횟집 천국인데.
기주   왜, 짜장면 싫어?
주영   속초까지 와서 무슨 짜장면. 이 동네에 중국 음식
         제대로 하는 데 하나도 없어. 봐, 짜장에서 간장
         맛이 난다니까.
기주   맛만 좋은데.
주영   아닌데. 완전 구린데.
기주   야, 누가 이런 경험을 해보겠어. 남친이 속초 사니까
         바다 보면서 짱깨도 먹고. 이게 진짜 여행이지. 다
         먹고 그릇은 어디다 놓으래?
주영   저──기 방파제 끝에.

사이.

기주   괜찮아?
주영   뭐가.
기주   이제는 괜찮냐고.

주영, 고개를 끄덕인다.

기주	거봐. 잘 모를 때는, 부모님한테 묻는 게 최고야.
주영	덕분에 이제 부대 사람들이 다 마마보이라고 부르는데.
기주	그럼 뭐 어때.
주영	속초에선 세 다리만 건너면 모르는 사람이 없어. 부대가 아니라, 이 동네 마마보이 되는 거 시간문제야.
기주	오버한다.
주영	오버 아닌데.
기주	아 그래, 내 룸메는 결국 헤어졌어.
주영	어쩌다?
기주	아니, 걔 남친도 군대 가서 조금 힘들었나 봐. 부모님한테 전화해서 하소연을 했다는 거야. 내 룸메, 마마보이는 딱 질색이래. 나이가 몇 갠데 그러냐며, 지랄지랄.
주영	…그래?
기주	내 생각은 달라. 힘들면 부모님한테 전화할 수도 있는 거지. 마마보이면 뭐 어때? 지도 부모님한테 맨날 생활비 받으면서 사는 주제에.

사이.

기주	야, 앞으로는 차라리 찍히고 말아.
주영	뭘.
기주	저 새끼는 건들면 골치 아픈 새끼다, 찍히기라도 하면 아무도 무서워서 못 건드려.
주영	…몰라.
기주	당하기만 하지 말라고. (사이) 걔들 셈나서 그러는

거야. 너같이 공부 잘하고 착해 빠진 놈들 보면
짜증나겠지. 나보다 더 가진 사람들은 보기 싫잖아.
그냥 다 뺏고 싶은 거야.

주영   버스 시간 언제라고 했지?

기주   걔들이랑 넌 질적으로 달라. 질적으로. 알지?

주영   …….

기주   야, 이참에 같이 시험 준비하는 건 어때? 막 거창한
고시 말고, 그냥 사소한 거라도. 로스쿨 들어간
선배들 보니까, 행시 같은 것도 무슨 자격증마냥
따버리더라.

주영   공부를 하라고?

기주   걔네들이 건들지 못할 만큼 아주 중요한 사람이
되자고.

주영   …….

기주   알았냐고.

주영   다 먹었어?

기주   대답을 하세요.

주영   알았어, 알았다고.

사이.

기주   내 친구들 거의 다 고무신이거든. 나는 원하면 원할
때 너 보러 올 수 있으니까, 부러워하더라. (사이)
근데 너는 왜 안 물어봐?

주영   뭘?

기주   나는 어떻게 사는지 안 궁금하세요?

주영   궁금해.

기주   엎드려 절 받기.

주영   미안. 어떻게 지내?

기주   아니, 나 과외 하는 집 엄마가 나를 못 잡아먹어서
　　　　　안달이야. 자기 애 모의고사 성적 떨어졌다고,
　　　　　나보고 책임을 지라잖아. 아니 지 새끼 공부 못하는
　　　　　건 생각도 안 하고 왜 내 탓을 해.

주영, 짜장면만 뒤적인다.

기주   야, 듣고 있어?

주영   듣고 있어, 진짜. 얘기해, 그래서 어떻게 했어?

기주   …내가 뭐가 아쉽다고 그런 얘기 들어가면서 거기
　　　　　앉아 있냐. 확 집어치우고 나올까 싶었는데…
　　　　　이렇게 나가면 이번 달 과외비는 어떻게 되는 거지
　　　　　싶더라. 엄마가 용돈도 줄이려고 하는 판에,
　　　　　이거까지 없어지면 안 되겠다 싶잖아. 어머님, 다 제
　　　　　잘못입니다, 걱정 안 하시게 제가 열심히 할게요,
　　　　　그랬지.

주영   잘했네.

기주   너도 막 누가 되도 않는 짓 하려고 하면 나처럼 해.
　　　　　과외비 들어오고 나니까, 그때 참기 잘했다 싶더라.
　　　　　어차피 시간 금방 지나갈 거야. 조금만 더 참아.
　　　　　내가 이렇게 자주 내려오잖아. 고마운 줄 알아.

주영   얘기가 그렇게 되나.

기주   나, 기말고사라 당분간 못 내려올 것 같아.

주영   곧 있음 휴가야, 내가 올라갈게.

기주   너, 약속했다? (사이) 아— 기대된다. 얼른 내년이나
　　　　　됐으면 좋겠어. 너랑 같이 학교 다니면서 공부도
　　　　　하고, 같이 놀러두 다니고, 술도 마시고, 술도

마시고, 술도 마시고, 또 술도 마시고.

주영   간이 썩어 나겠다.

기주   속초 오니까 좋다. 바닷바람 짱이다. 행복하다.

주영   …….

기주   아, 그래 안 그래?

주영   그래.

기주, 일어선다.

주영   어디 가?

기주   아깐 못 보내서 안달이더니.

주영   그냥 하는 말이었지.

기주   커피.

주영   내가 갔다 올게.

기주   넌 그거나 먹어. 어떻게 된 게, 깨작깨작. 짜장면은 그렇게 먹음 맛없어. 나처럼 순식간에 호로록 했어야지.

주영, 일어서려 한다.

기주   앉아. 아, 앉으라고.

주영   (다시 앉으며) 알았어.

기주, 커피 자판기로 향한다.

주영   고마워——.

주영, 짜장면을 비운다.

주영   치워야지.

주영, 기주의 그릇과 자신의 그릇을 들고 퇴장.
기주, 커피가 아니라 소주를 들고 온다.

사이.

기주, 홀로 방파제에 걸터앉는다.
소주를 까려다 말고 어딘가로 전화를 건다.

기주   여보세요, 혹시 지금 배달 되나요? 여기 외옹치
            방파제 위에 있어요. 혹시, 짜장면 한 그릇도 배달…
            아니다, 그냥 두 그릇 주세요.

10장

동훈의 집. 거실.
어둠 속, 동훈의 모습이 언뜻 보인다.
이윽고, 민재 등장.

민재　　　 불 꺼놓고 뭐해?

민재, 불을 켠다.
동훈에게 가까이 다가간다.
동훈의 손목이 부어 있다.

민재　　　 뭐야, 다쳤어?
동훈　　　 …….
민재　　　 괜찮아? 말해봐, 어쩌다 이랬냐고.
동훈　　　 …지영아빠.
민재　　　 왜 이러는데.
동훈　　　 우리 지영이… 죽었어.
민재　　　 …….
동훈　　　 근데… 근데 우리는 여기서 뭐하는 거야?
민재　　　 …그럼 죽어? 따라 죽자고?
동훈　　　 …아니.
민재　　　 그럼.
동훈　　　 막아야 돼.
민재　　　 …….

동훈   또 누가 죽기 전에, 막아야지.

민재   …무슨 일 있었어?

동훈   다시 나갈래.

민재   어딜.

동훈   수원에.

사이.

민재, 일어나더니 부엌으로 향한다.

동훈   이렇게는 못 살아, 나는…. 누군가는 나서야지. 안
          그러면 계속 죽을 거야. 그 나쁜 새끼들은 신경도 안
          쓸 거고. 사람들은 무슨 일이 일어나는지도 모를
          거야. 다들 살기 바쁘다고 다 까먹어버릴걸.
          그러니까… 다시 갈 거야.

민재, 냉장고에서 얼음을 꺼내 비닐에 담아 온다.

동훈   그거라도 해야 내가 살겠어. 그거라도 해야….

민재, 동훈 옆에 앉더니,
얼음주머니로 동훈의 손목을 찜질해준다.
동훈, 얼음주머니가 닿자 움츠린다.

민재   가만히 있어.

동훈   …….

민재   기억나? 지영이가 한번은 한밤중에 전화했던 거.
          열두 시였어, 딱. 우리가 어쨌는 줄 알아? 내일

전화하자며 끊어버렸잖아. 너나 나나, 일하고
들어와서 녹초였어. 그날 특히.

사이.

민재   내 딸인데, 뭐 하나 물어보는 것도 무섭더라. 혹시
        내가 모르는 말이라도 하면 어쩌나. 어릴 때나,
        그때나.
동훈   …….
민재   왜 또 김밥이야?
동훈   …어?
민재   냉장고에.
동훈   아…, 어.
민재   아주머니, 김밥은 냉장고 넣어두면 금방 딱딱해져.
        그날 먹을 거면, 그냥 밖에다 둬. 어차피 날도 차서
        안 상해.
동훈   …어.
민재   다들 별말 없더라, 그대로야.
동훈   응?
민재   박 주임도, 회사 사람들도. 일부러 말을 안 하는
        거겠지.

사이.

동훈   낮에 떡볶이 사 들고 지영이 보러 갔다 왔어.
민재   떡볶이는 무슨… 그게 아니라 소주나 댓 병 사 들고
        갔어야지. 아직도 자기 딸을 몰라요.
동훈   …진짜?

민재   그래. 걔가 나이가 몇인데. 떡볶이는 무슨.

사이.

민재   여전히 우리 딸은 안 돌아올 거야.
동훈   …응.
민재   나도 여전히 아니야. 나는 당신 따라 거까지 갈 자신
       없어.
동훈   알아.
민재   갈 때 잘 챙겨서 나가. 대충 거적때기 하나 걸치고
       가지 말고.
동훈   …….
민재   우리 사는 건 당분간 나 혼자 해.
동훈   됐어.
민재   뭐가 됐어. 나도 내 나름대로 할 수 있는 거 하려는
       거야. 혼자만 잘났지 진짜….

민재, 안방으로 들어간다.
동훈, 홀로 남는다.

11장

7번 국도 위. 택시 안.
동훈은 운전석에, 주영은 이제 조수석에 앉아 있다.

동훈   난 손님 태운 기억이 없는데.

주영   …안 태워주실까 봐.

동훈   승차 거부하면 벌금 물어요. 나 손님 가려가면서
　　　　태우고 그러는 사람 아니야.

사이.

동훈   오랜만이네.

주영   잘 지내셨어요?

동훈, 고개를 끄덕인다.

동훈   어디를 그렇게 다니다 들르셨나.

주영   그냥, 여기저기. 부모님도 보고, 친구들도 보고,
　　　　그러다가요. …오늘따라 바람이 많이 부네요.

동훈   그러게.

주영   …기주는 아직도 그러고 있어요.

동훈   그래?

주영   괜찮아요. 그건… 이제 그 애가 선택할 문제니까.

| 동훈 | …그래요. |

사이.

주영	아, 그거 안 켜셨던데.
동훈	응?
주영	그, 그 빈 차, 예약 그거….
동훈	아, 위에, 택시 등. 손님이 타고 계신데 그걸 켜놓으면 쓰나.
주영	저 타기 전에도 꺼져 있던데.
동훈	거참 집요하네. …그냥, 오늘은 장사 안 하고 드라이브나 할까 해서.
주영	저, 괜히 탔나요?
동훈	참 나, 손님 말고 그냥 내 말동무로 탄 거잖아. 아니에요? 그럼 어디 갈 데 있으십니까, 손님?
주영	아, 아니요.
동훈	거봐요.

사이.

동훈	그러고 보니 정말 우리 군인 아저씨 본 것도 벌써 한참 전이네.
주영	그러게요. (사이) 기사님도 봤어요.
동훈	나를?
주영	악수하시는 거.
동훈	그랬어?
주영	네.

동훈	그랬어….
주영	…네.
동훈	꽤 오래됐다 싶었는데. 아니더라구. 그래, 아직 아니야. 아직 한참 멀었어요.
주영	죄송합니다.
동훈	또.
주영	여전히 응원하고 있습니다.
동훈	고마워요.
주영	아니요, 아니에요. 정말로.
동훈	알겠어요.

사이.

주영	드라이브는 얼마나 하시려구요?
동훈	글쎄. 아, 이 정도면 됐다, 싶을 때까지.
주영	어디까지 가실 건데요?
동훈	글쎄. 아, 이 정도면 많이 왔다, 싶을 때까지?
주영	애매하네요.
동훈	그런가? (사이) 앞으로도 이렇게 간간이 타러 와요. 혼자 드라이브하는 것보다 훨씬 좋네, 적적하지도 않고.
주영	저야 좋죠, 너무 자주는 안 올게요.
동훈	마음대로 하세요. (사이) 창 좀 내려도 될까요?
주영	네, 그럼요. 얻어 타고 있는 건 전데요.

동훈, 창을 내린다.
밀려드는 파도 소리.

동훈   바다 한번 무시무시하네.

주영   그러게요, 파도가 장난이 아니네요.

택시는 계속해서 7번 국도 위를 달린다.

막.

이음희곡선

7번국도

처음 펴낸날　　　2019년 4월 10일

지은이　　　　　　배해률
펴낸이　　　　　　주일우
펴낸곳　　　　　　이음
등록번호　　　　　제2005-000137호
등록일자　　　　　2005년 6월 27일
주소　　　　　　　서울시 마포구 월드컵북로1길 52, 3층
전화　　　　　　　02-3141-6126
팩스　　　　　　　02-6455-4207
전자우편　　　　　editor@eumbooks.com
홈페이지　　　　　www.eumbooks.com

ISBN　　　　　　978-89-93166-87-3 04810

　　　　　　　　　978-89-93166-69-9 (세트)

값　　　　　　　　7,800원